WESTMINSTER PUBLIC LIBRARY
3 3020 01083 1807

D1108538

Primera edición, 2014

Ventura, Antonio
El sueño / Antonio Ventura ; ilus. de Jesús Cisneros. — México : FCE, 2014.
[40] p. : ilus. ; 22 × 22 cm — (Colec. Los Especiales de A la Orilla del Viento)
ISBN 978-607-16-2087-3

1. Literatura infantil I. Cisneros, Jesús, il. II. Ser. III. t.

LC PZ7 Dewey 808.068 V164s

Distribución mundial

Carretera Picacho Ajusco 227, Bosques del Pedregal, C. P. 14738, México, D. F.
www.fondodeculturaeconomica.com
Empresa certificada ISO 9001:2008

Colección dirigida por Socorro Venegas
Proyecto editorial: Eliana Pasarán
Edición: Angélica Antonio Monroy
Diseño: Miguel Venegas Geffroy

Comentarios y sugerencias:
librosparaninos@fondodeculturaeconomica.com
Tel.: (55)5449-1871. Fax: (55)5449-1873

ISBN 978-607-16-2087-3

Impreso en México • *Printed in Mexico*

Se terminó de imprimir y encuadernar en septiembre de 2014 en Impresora y Encuadernadora Progreso, S. A. de C. V. (IEPSA), calzada San Lorenzo 244, Paraje San Juan, C. P. 09830, México, D. F.

El tiraje fue de 4 000 ejemplares.

A Jean Giono
A. V.

A Mariana
J. C.

Antonio Ventura Jesús Cisneros

El sueño

LOS ESPECIALES DE
A la orilla del viento
FONDO DE CULTURA ECONÓMICA

En el transcurso del otoño, los árboles
perdían sus hojas y, poco a poco, se dormían
en un invierno blanco de silencio y ausencias.

Las brumas grises velaban su sueño
hasta la llegada de la primavera.

De nuevo, los rayos del sol anunciaban el
comienzo de otro ciclo y, con su llegada,
el joven abedul comenzaba otra vez a soñar.

El viejo roble lo miraba y callaba.
Le sorprendía la fuerza de su deseo.

Aquel abedul había crecido alejado del pequeño bosque próximo a la ladera sur de la montaña, pero hasta él llegaba la sombra del anciano roble que se alzaba en lo alto del escarpado acantilado.

Desde muy joven, el abedul sintió la distancia
de sus compañeros y la presencia del gran roble.

Hasta él llegaban los cantos de los reyezuelos
y ruiseñores que volaban entre las suaves ramas
de los abedules del bosquecillo próximo.

El abedul soñaba con aquellos cantos...

Hasta que, un día, un ruiseñor se posó en una de sus ramas y sintió que el temblor con el que tantas veces había soñado, se hacía realidad.

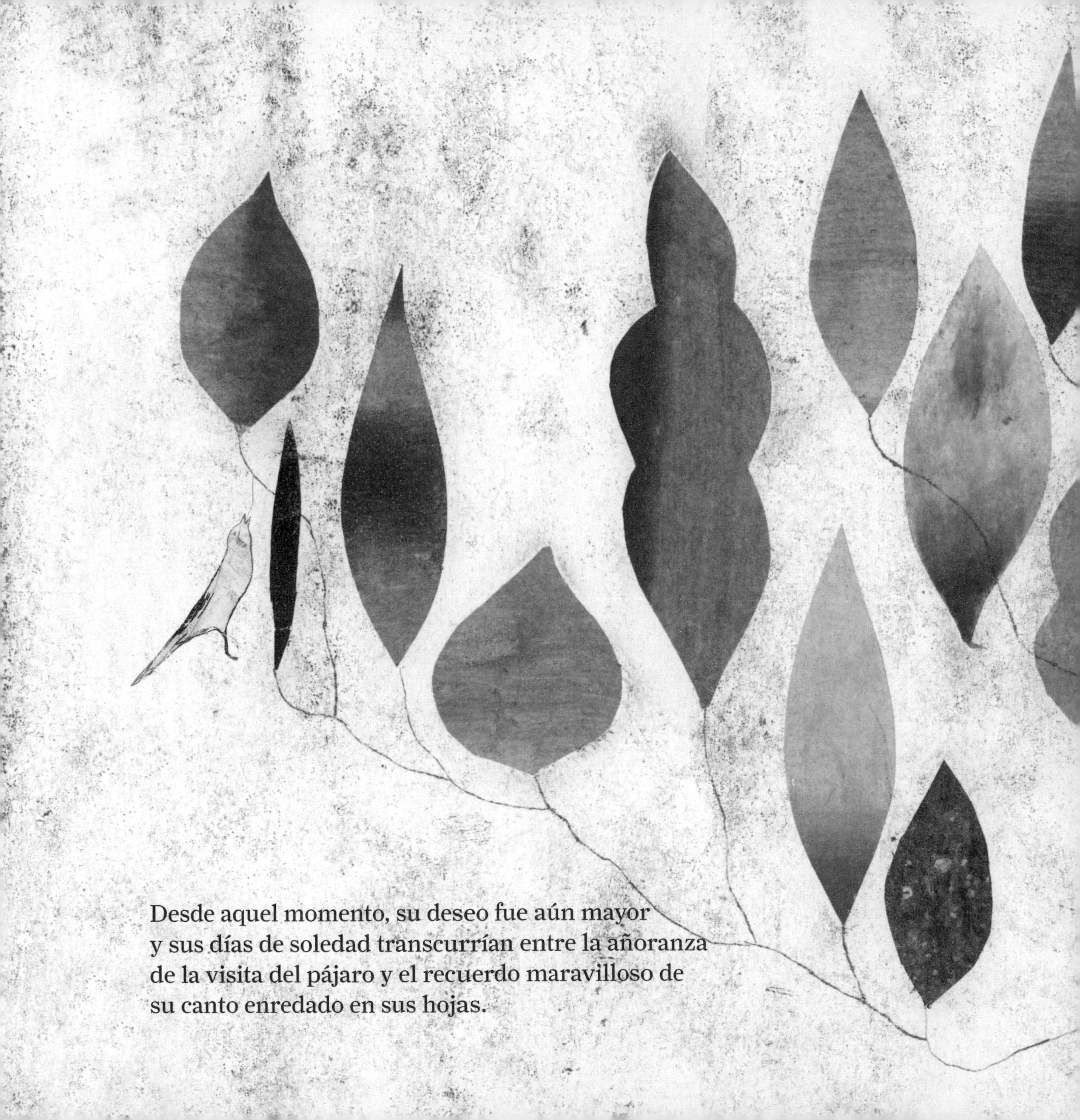

Desde aquel momento, su deseo fue aún mayor
y sus días de soledad transcurrían entre la añoranza
de la visita del pájaro y el recuerdo maravilloso de
su canto enredado en sus hojas.

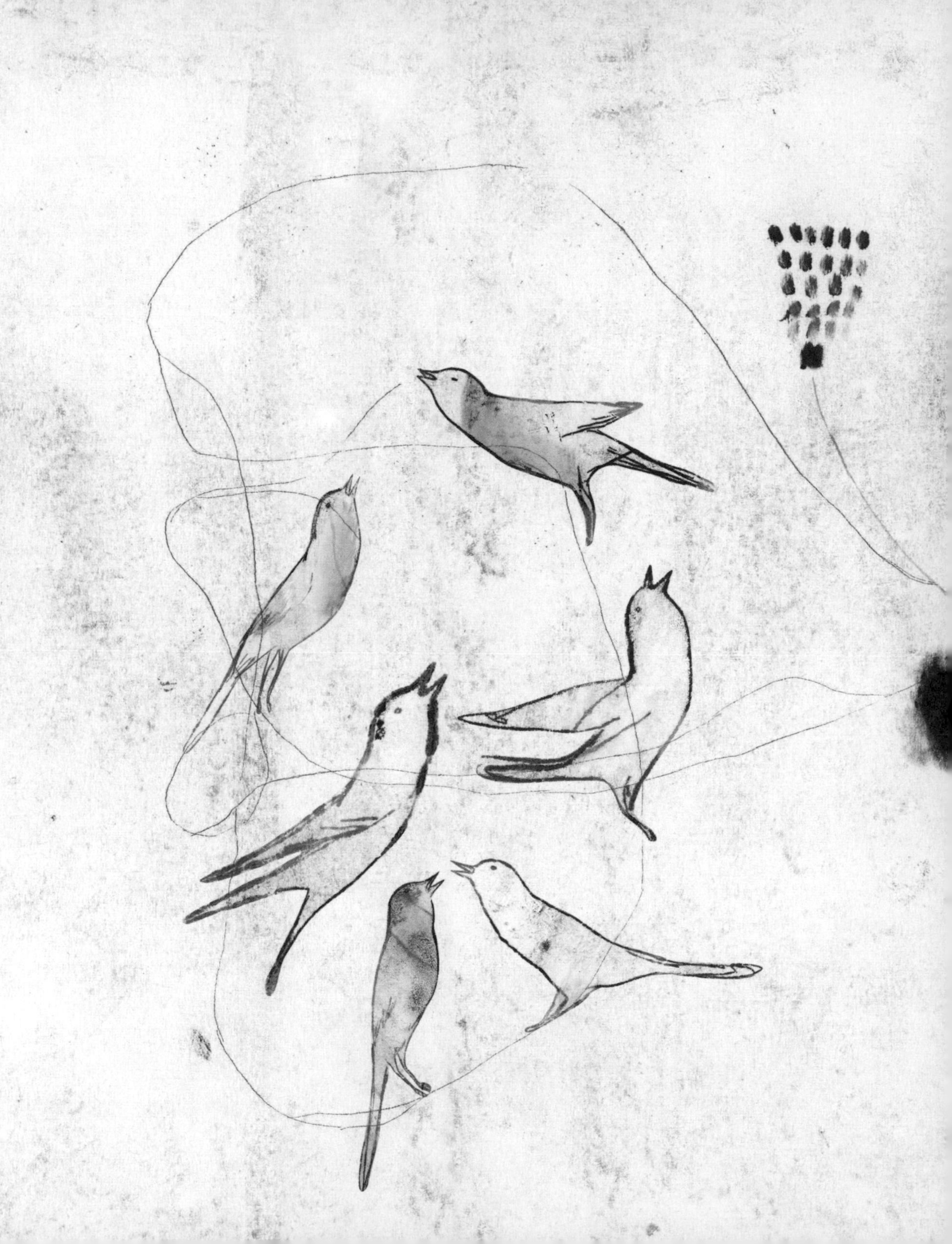

El abedul movía sus ramas al viento reclamando
la atención de los pájaros, pero éstos no se acercaban
hasta el extremo del desfiladero.

El roble silencioso lo miraba con paciencia
y sabiduría. Le gustaría hacer algo, pero no podía.

Entonces, una hoja del viejo roble se desprendió
y cayó lentamente mecida por el suave viento del alba.
Bajó por el desfiladero hasta rozar una de las ramas
del tierno abedul y, en ese instante, se convirtió en pájaro.

El árbol soñó su canto.